AF343907

LILLE, IMPRIMERIE VERLY DUBAR & Cᵉ, GRANDE-PLACE, 8

Lille 5 Octobre 1891.

VILLE DE LILLE

COLLECTION

DE FEU

M. César Fontaine

VENTE

EN

OCTOBRE 1891

VILLE DE LILLE

HOTEL DES COMMISSAIRES-PRISEURS
(Salles N° 2 & 3)

VENTE

AUX ENCHÈRES PUBLIQUES

DE LA

COLLECTION DE FEU M. CÉSAR FONTAINE

COMPRENANT :

OBJETS D'ART ANCIENS
et de haute curiosité

Meubles gothiques et Meubles du XVI° au XVIII° siècle. — Statues et Groupes en bois sculpté des mêmes époques. — Pièces de Dinanderie, d'Orfèvrerie religieuse des mêmes époques. — Coffrets gothiques, Objets divers, Armes, Etendards, Étoffes.

BELLE TAPISSERIE DE BRUXELLES

Tapisseries anciennes de diverses époques. — Argenterie ancienne. — Porcelaines et Faïences anciennes.

TABLEAUX — DESSINS — MINIATURES
Vitraux anciens

LE LUNDI 5 OCTOBRE 1891

et jours suivants, à deux heures

Par M° **LESAGE**, Commissaire-Priseur à LILLE, rue des Stations, 9 ;
Et **M. E. GANDOUIN**, Expert, à PARIS, 31, rue des Saint-Pères,
et au Grand-Hôtel, à Lille,

CHEZ LESQUELS SE DISTRIBUE LE CATALOGUE

EXPOSITION PARTICULIÈRE	EXPOSITION PUBLIQUE
LES VENDREDI 2 & SAMEDI 3 OCTOBRE	LE DIMANCHE 4 OCTOBRE
de deux heures à six heures	de dix heures à quatre heures

CONDITIONS DE LA VENTE

La vente sera faite au comptant.

Les acquéreurs payeront, en sus du prix des enchères, 10 0/0 affectés aux frais de vente plus 50 centimes 0/0 pour droits de criée.

Ils seront tenus de faire enlever les objets acquis par eux dans les vingt-quatre heures.

Les tares dépréciant les objets mis en vente, étant, autant que faire se peut, indiquées au présent catalogue, l'exposition mettant, en outre, le public à même de vérifier la nature et l'état des lots, le vendeur ne pourra admettre aucune réclamation, une fois l'adjudication prononcée.

L'ordre de vente sera suivi le plus régulièrement possible; toutefois, le vendeur se réserve le droit de l'intervertir s'il le jugeait nécessaire.

LE CATALOGUE SE DISTRIBUE :

A AMIENS.......... chez **M. LEFÈVRE**, antiquaire, rue Gresset.

A ARRAS .... chez **M. COSSIAU**, antiquaire, rue des Trois-Faucilles.

A CAMBRAI .... chez **M. HOUSSARD**, antiquaire.

A DOUAI........... chez **MM. les COMMISSAIRES-PRISEURS.**

A ROUEN.......... chez **M. LEFRANÇOIS**, antiquaire, rue d'Amiens, 46.

A TROYES .... chez **M. MAZURIER**, rue Urbain-IV.

A REIMS .... chez **M. MONGENOT**, antiquaire, rue de Nesle.

A VERSAILLES....... chez **M. GUILLAIN**, antiquaire, place Hoche, 3.

A BRUXELLES ...... chez **M. COOLS**, antiquaire.

A LONDRES .... chez **M. E. JOSEPH**, antiquaire, 156, New Bond Street.

ORDRE DES VACATIONS

LUNDI 5 OCTOBRE

Faïences et Porcelaines anciennes. . . . . nᵒ 296 à nᵒ 464

MARDI 6 OCTOBRE

Armes, Bronzes, Cuivres, etc. . . . . . nᵒ 151 à nᵒ 295

MERCREDI 7 OCTOBRE

Bois sculptés, Meubles. . . . . nᵒ 1 à nᵒ 150

JEUDI 8 OCTOBRE

Tableaux, Dessins. . . . . nᵒ 480 à nᵒ 574

VENDREDI 9 OCTOBRE

Argenterie, Verrerie. . . . . nᵒ 465 à nᵒ 479

Vitraux, Objets omis, Étoffes, Étendards, Tapisseries. . . . . nᵒ 575 à nᵒ 627

NOTA. — L'ordre numérique ne sera suivi à aucune vacation.

CATALOGUE

STATUES, GROUPES

Meubles

PANNEAUX ANCIENS SCULPTÉS

DU XIVME AU XVIIIME SIÈCLE

1. **Saint Marc,** statue en chêne du XVe siècle. — Debout, tenant sous son bras gauche un coffret, saint Marc tient de la main droite une épée; il est revêtu d'une armure et coiffé d'une toque ornée de plumes. A ses pieds, un lion.

    Art français, échantillon d'un très beau caractère. Hauteur. 0^m96.

2. **La Vierge portant l'Enfant,** statuette en chêne du XVe siècle. — La Vierge, debout, porte l'Enfant sur son bras gauche; Jésus est nu et tient de la main droite une baguette.

    Art français. H. 0,65.

3. **La Vierge tenant l'Enfant**, statuette en chêne du XVIe siècle. — Debout, diadémée, la mère du Sauveur, présente Jésus sur ses deux mains ; une colombe cherche à becqueter une grappe de raisin que tient le Divin Enfant. H. 0,59.

4. **Saint Siméon**, statue en chêne du XVIe siècle. — Debout, en costume de paysan, le saint personnage présente de la main gauche les clous qui ont servi au crucifiement et tient de la main droite une corde dont l'extrémité traîne à terre ; il est coiffé d'une toque à crevés ornée de plumes.

Art allemand, très beau caractère. H. 1,12.

5. **Jésus portant la croix**, groupe de trois personnages, en chêne, XVe siècle. — Près de Jésus, le précédant, deux personnages en costumes civils du XVe siècle semblent le tirer avec des cordes.

Art flamand, d'un beau caractère réaliste. H. 0,54, L. 0,32.

NOTA. — Ce groupe a figuré à l'Exposition rétrospective de Lille en 1874, sous le n° 1,986.

6. **Saint Sébastien**, statuette en chêne sculpté du XVe siècle. — Le saint, debout, a les mains attachées derrière lui à un tronc d'arbre.

Figure d'un beau caractère hiératique. H. 0,58.

7. **Samson combattant un lion**, chêne sculpté, XVe siècle. — A cheval sur le lion qu'il combat, le personnage écarte la gueule de l'animal avec les deux mains.

Groupe très curieux, fracturé au nez. H. 0,24, socle compris.

8. **Personnage genou à terre, semblant lier des osiers**, statuette chêne sculpté, peinte et dorée, XVIIe siècle.

Manque la main droite et le bout de la chausse du même côté. H. 0,20.

9. **Chérubin jouant de la trompe marine**, statuette chêne sculpté.

Art français, XVe siècle. H. 0,25, socle compris.

10. **Saint évêque faisant l'aumône,** statuette en chêne sculpté, peinte et dorée, du XVI⁰ siècle. — Le saint, debout, est coiffé d'une mitre ; il tient de la main droite une crosse et de la gauche une bourse. A ses pieds, un cul-de-jatte lui présente sa sébille.

> Art flamand. H. 0,30.

11. **Moine debout tenant un livre de la main gauche,** statuette peinte et dorée.

> Art flamand du XVI⁰ siècle. H. 0,30.

> *NOTA. — Cette figurine et la suivante ont été exposées à Lille en 1874, sous les numéros 2,000 et 2,001, comme étant saint Antoine de Padoue et autre de l'ordre de Saint-François.*

12. **Pendant du numéro précédent.** — Le personnage tient un livre ouvert et semble l'expliquer.

> Art flamand du XVI⁰ siècle. H. 0,30.

13. **La Vierge, assise, présentant Jésus,** groupe en chêne sculpté demi-relief, XVI⁰ siècle. — Fort joli groupe, d'une exécution précieuse et élégante.

> Art flamand. H. 0,29.

> Au bas du groupe est frappée en creux une main coupée; emblème des ateliers d'Anvers.

14. **La Circoncision,** groupe en chêne sculpté, XVI⁰ siècle. Beau caractère. Manque la main droite du grand-prêtre.

> Art flamand. H. 0,38. L. 0,28.

15. **Sainte Anne, la Vierge et l'Enfant,** groupe en chêne du XVI⁰ siècle.

> Art flamand. H. 0,70.

16. **Sainte foulant aux pieds un personnage,** statuette en chêne du XVI⁰ siècle, ornée de peintures et dorures. — La sainte a la tête chargée d'un diadème et d'une très belle coiffure peinte et dorée.

> Le côté gauche est réparé.

> Art flamand. H. 0,46.

17. **Saint prêchant,** statue peinte et dorée du XVIe siècle.

Manque la main gauche.

Art allemand. H. 1 mètre.

18. **Sainte Scholastique,** statuette en chêne, peinte et dorée. — Debout, tenant de la main droite un livre et de la gauche une palme, elle a la tête couverte d'une belle coiffure.

Art flamand. H. 0,47.

19. **Sainte Gertrude,** statuette chêne, XVIe siècle. — Debout, la main gauche tenant la hampe d'une crosse dont le sommet manque, elle supporte de la droite un livre ouvert ; à ses pieds, trois démons, figurés par des animaux chimériques. Elle a la tête couverte d'une très belle coiffure.

Main droite réparée.

Art français. H. 0,85.

20. **Sainte Catherine,** statue en chêne, peinte et dorée, XVIe siècle. — Représentée debout, tenant dans ses mains une croix, la sainte foule sous ses pieds le démon.

Art flamand. H. 0,92.

21. **L'Archange saint Michel terrassant le démon,** statue en chêne du XIVe siècle. — Debout, le bras droit élevé tenant un glaive, l'archange foule sous ses pieds le démon.

Œuvre d'un caractère extraordinaire et d'une exécution précieuse. Ce morceau est digne de nos plus grands maîtres.

Art français. H. 1 mètre.

22. **La Vierge, agenouillée, priant,** porte de meuble en noyer sculpté, peinte et dorée, XVIe siècle. — Près d'elle, un meuble prie-dieu orné de panneaux dits serviettes ; sur le meuble un livre ouvert ; au-dessus, formant ogive, feuillages de vigne et grappes de raisin.

Art français. H. 0,59, L. 0,325.

23. **La Présentation au Temple,** bas relief, peint et doré, fin du XVIe siècle.

Art allemand. H. 1 mètre, L. 0,52.

24. **Saint Paul,** statuette chêne, XVIe siècle. — Debout, tête nue, le saint personnage tient de la main droite un livre, la main gauche appuyée sur une épée.

Art français. H. 0,45.

25. **Saint Antoine ermite,** statuette chêne, XVIe siècle. — Debout, amplement drapé, il a la main gauche appuyée sur un bâton noueux et tient de la main droite un livre ouvert ; sa tête est coiffée d'un bonnet à bandelettes retombant ; près de lui, son animal emblématique.

Art flamand. H. 0,44.

26. **Chérubin,** statue en chêne, ailes déployées, XVe siècle. — Debout, la main droite élevée bénissant, il tient de la gauche une navette à encens à demi ouverte.

Belle statue d'un beau caractère hiératique.

Art flamand. H. 0,97.

27. **Bas-relief représentant un homme portant une échelle,** chêne, XVIIe siècle.

Art flamand. H. 0,31.

28. **Chérubin s'envolant,** statuette chêne, XVIe siècle. — Il tient et présente un écusson.

Art flamand. H. 0,15.

29. **Saint Michel,** statuette en noyer, XVIe siècle. — Debout sur un nuage, il a la main droite élevée tenant un glaive et soutient de la gauche un bouclier.

Art flamand. H. 0,70.

30. **Console provenant d'une poutre,** chêne peint, XVe siècle. — Soldat casqué, assis, soutenant sa tête de la main droite.

Art flamand. H. 0,31, L. 0,13.

31. **Autre console** en chêne peint. XVe siècle. — Femme debout, coiffée du hennin retombant ; elle tient de la main droite un pied de porc et de la gauche un verre.

Art flamand. H. 0,33. L. 0,18

32. **Deux petits panneaux** en chêne, XVIe siècle, ornés d'arabesques délicates et bien exécutées ; au centre, deux médaillons ronds avec profils d'homme et de femme.

Art français, époque de Louis XII. Chaque panneau, H. 0,29. L. 0,12.

33. **Saint Julien,** statue en chêne, peinte et dorée, XVIe siècle. — Debout, il est revêtu d'une armure et cotte de mailles, le dos recouvert d'un manteau ; il tient de la main droite un glaive et de la gauche soutient un billot sur lequel est un marteau : à ses pieds, un lion.

Art allemand. H 1,05.

34. **Porte du XVIe siècle,** chêne. — Elle est composée de cinq rangées de panneaux ornés d'arabesques diverses, animaux et grotesques, avec entrée en fer ouvré de même époque.

Art français. H. 1,96. L. 0,90.

35. **Panneau devant de coffre,** en chêne, XVe siècle. — Très beau style gothique ogival fleuri, avec serrure de l'époque. H. 0,57. L. 1,05.

36. **Très beau panneau devant de coffre** en chêne, XVe siècle. — Très beau style gothique ogival, avec fleurs de lis d'un superbe caractère, orné d'une serrure en fer ouvré du temps. H. 0,63, L. 1,33.

37. **Panneau devant de coffre** du XVe siècle. — Beau style gothique fleuri, orné d'une serrure en fer découpé, du temps. H. 0,51. L. 1,45.

38. **La Vierge tenant l'Enfant,** statuette en chêne, XVIe siècle. — Elle est debout tenant l'Enfant sur son bras gauche et est placée sous un dais gothique à clocheton.

Art français. H. 1,24, clocheton et base compris.

39. **Saint Antoine,** statuette en chêne, XVIIe siècle. — Sous
un portique de l'époque Louis XIII, le saint, debout, est
accompagné de son animal emblématique. H. 0,57, L. 0,28.

40. **Dieu le Père présentant son Fils sur la croix,** statuette en chêne XVIIe siècle.

Le corps de Jésus est détruit en partie.

Art flamand. H. 0,50.

41. **La Vierge et l'Enfant,** statuette en chêne du XVIe siècle,
peinte et dorée. Sous une niche de style gothique ajournée,
la mère du Sauveur porte son Divin Enfant sur le bras
droit ; ce dernier est vêtu d'une chemise s'ouvrant sur la
poitrine.

Art français, d'une exécution élégante et spirituelle.
H. 0,58, L. 0,25.

42. **Console à accrocher,** chêne, commencement du XVIIe
siècle, peinture du temps. — Sous le plateau, un ange,
les ailes étendues et vêtu comme un clerc d'église, tient
et présente un écusson.

Art allemand. H. 0,28, **L.** 0,40.

43. **Sainte Barbe,** statue peinte, XVIe siècle. — Debout,
diadémée la sainte a la main gauche appuyée sur un
monument et tient de la droite une palme.

Art allemand. H. 0,85.

44. **Avant-corps d'un lion formant console,** chêne, XVIIe
siècle.

Art flamand. H. 0,35.

45. **Sainte Anne portant la Vierge,** qui porte l'enfant Jésus
dans son bras gauche, chêne XVIIe siècle.

Art flamand. H. 0,85.

*NOTA. — A figuré à l'Exposition rétrospective de Lille en 1874,
sous le numéro 1,929.*

46. **Notre Dame de Paix,** bas-relief en noyer, XVIIe siècle. —
Au centre d'un motif architectural orné de guirlandes,
d'une tête d'ange et d'une inscription, statuette de Vierge
tenant l'enfant. H. 0,40, L. 0,57.

47. **Saint Julien,** chêne, XVIe siècle. — Debout, coiffé d'une toque, revêtu d'une armure, il tient de la main droite un glaive et de la gauche un billot sur lequel est posé un marteau.

    Art flamand. H. 0,70.

48. **La Vierge tenant l'Enfant,** chêne, XVe siècle. — Assise sur un tronc, elle soutient l'Enfant Jésus de la main droite et lui présente de la gauche une grappe de raisin.

    Art allemand. H. 0,50.

49. **Console applique,** chêne, XVIIe siècle. — Formée d'un chapiteau ionique, sous lequel deux masques humains grotesques tirant la langue et faisant la moue.

    Art français. H. 0,65.

50. **Console applique,** chêne, XVIIe siècle. — Sous un chapiteau, une demi-cariatide de femme se termine en feuilles d'achante et rinceaux.

    Art italien. H. 0,67.

51. **Console applique,** noyer XVIe siècle. — Sous un chapiteau, une figure de satyre assis et grimaçant tient de chaque main des draperies.

    Art italien. H. 0,67.

52. **Archèle ou barre à canettes** en chêne, XVIIe siècle, ornée de rinceaux et divisée en trois compartiments à consoles ornées de mufles de lions. H. 0,39. L. 2.45.

53. **Archèle en chêne,** XVIIe siècle, ornée de rinceaux et de trois consoles à masques de chérubins ; elle possède deux crochets en cuivre représentant Arion. H. 0,31. L. 0,92.

54. **Saint debout,** statuette en noyer, XVIe siècle. — Figurine très joliment drapée.

    Art italien. H. 0,30.

55. **Pendant du précédent,** même époque et observations. H. 0,30.

56. **Deux têtes d'anges ailées,** montées sur plateau formant console, chêne, XVIIe siècle.

    Art français.

57. **Pendant du précédent.**

58. **Archèle ou barre à canettes,** en chêne, XVIIe siècle, ornée de rosaces et garnie de neuf crochets en cuivre du temps. H. 0,20. L. 1,57.

59. **Saint Benoît,** statuette en chêne, XVIIe siècle.

    Art flamand. H. 0,49.

60. **Saint Bertin,** statuette en chêne, XVIIe siècle. —Debout, tenant un livre de la main gauche; près de lui, une biche.

    Art flamand. H. 0,49.

61. **Suzanne surprise par les vieillards,** bas-relief en noyer, XVIe siècle. — La scène est représentée sous un motif architectural surmonté de têtes de chérubins, la base portant l'inscription : *Anno Domini 1598.*

    Fort joli travail.

    Art flamand. H. 0,35, L. 0,25.

62. **Le couronnement d'épines,** groupe en chêne, XVIe siècle. — Haut-relief provenant d'un retable; composition importante de sept personnages en costumes du XVIe siècle; au sommet du bas-relief, groupe de trois cavaliers et d'un piéton qui devaient concourir à la scène de la crucifixion.

    Art flamand, très beau caractère. H. 0,85, L. 0,54.

63. **La mise au tombeau,** groupe en chêne, XVIe siècle. — Trois personnages en costumes du XVIe siècle déposent le corps du Christ dans le sépulcre.

    Art flamand, très beau caractère. H. 0,34, L. 0,44.

64. **Saint Jean,** statuette en noyer, XVIe siècle.

    Art flamand. H. 0,47.

65. **La résurrection,** groupe en chêne, XVIe siècle. — Haut-
relief provenant d'un retable, importante composition de
cinq figures ornées de riches costumes et armes du XVIe
siècle.

Très bel échantillon de l'art flamand. H. 0,60, L. 0,35.

66. **Sainte Anne portant la Vierge qui tient l'Enfant,** statuette en chêne du XVIe siècle.

Art flamand. H. 0,30.

67. **La Vierge portant Jésus,** statuette en buis, XVIIe siècle.
— Très bel échantillon de l'art français à l'époque Louis
XIV. H. 0,305.

68. **Sainte Catherine,** statue en chêne, XVIe siècle. —
Debout, tenant un livre de la main droite et de la
gauche un glaive, elle foule aux pieds le démon; près
d'elle, la roue. Elle est représentée en costume et coiffure
du XVIe siècle. H. 1,18.

69. **Console applique,** chêne, XVIIe siècle. — Tête d'ange à
ailes déployées. H. 0,30, L. 0,50.

70. **Trois petites têtes de chérubins** à ailes déployées,
chêne. XVIIe siècle.

71. **Deux panneaux en chêne** provenant d'un meuble du
XVIe siècle. — Arabesques et médaillons à profils
d'hommes. H. 0,44. L. 0,24.

72. **Lisseuse à linge en noyer,** XVIIe siècle, ornée de rosaces
diverses à ornements concentriques et excentriques.

Art flamand. L. 0,85.

73. **La Résurrection,** bas-relief en noyer, XVIIe siècle.
H. 0,57, L. 0,67.

74. **Console à accrocher,** chêne, XVIIe siècle.

75. **Saint évêque,** statuette en chêne. XVIIe siècle.
Art flamand. H. 0,57.

*NOTA. — Cette statuette a figuré à l'Exposition rétrospective
de Lille en 1874, sous le n° 2,033.*

76. **Saint évêque bénissant à ses pieds un pénitent agenouillé,** statuette en chêne, XVIIe siècle. H. 0,56.

77. **Porte du XVe siècle,** chêne, ornée de six panneaux à serviettes. H. 1,80, L. 0,70.

78. **Deux consoles** provenant de poutres, chêne, XIVe siècle. — Ces très curieuses consoles représentent des clercs, dont l'un a la tête appuyée sur la main gauche et l'autre la tête inclinée sur l'épaule gauche.

Objets de la plus haute curiosité et de la plus insigne rareté. H. 0,73, L. 0,27.

79. **Deux portes de meuble en chêne,** XVIe siècle.

80. **Crédence à Dosseret de la fin du XVe siècle.** — Elle est décorée au fond, sur le dosseret et sur les côtés de serviettes, le tiroir et les panneaux ornés de rinceaux de gothique fleuri ; la porte est chargée d'un lion debout appuyé sur un écu armorié, qu'il présente.

Meuble très rare, bel état de conservation. H. 1,80, L. 0,89.

81. **Meuble flamand du XVIIe siècle en chêne,** à corps supérieur rentrant, le corps inférieur orné de cariatides se terminant en queues de poissons ; l'entablement, orné de frises et mufles de lions, est supporté par des cariatides à gaines ; les cariatides intérieures représentent divers joueurs d'instrument de musique. — Très bel état de conservation. H. 1,88, L. 1,57.

82. **Chaise en noyer tourné,** de l'époque Henri IV, forme dite Rubens, recouverte en cuir de même époque, cloutée de cuivre.

83. **Fauteuil en noyer tourné tors,** les bras terminés par des têtes d'animaux chimériques, époque Louis XIII, recouvert en velours frappé moderne.

84. **Chaise en noyer,** forme dite Rubens, époque Henri IV, le dossier surmonté de deux têtes de lions, recouverte en cuir de l'époque et cloutée de cuivre.

85. **Fauteuil en noyer tourné tors,** époque Louis XIII, recouvert en velours frappé vert moderne.

86. **Coffret ou boîte à accrocher,** chêne sculpté, époque Louis XIII. — Le fronton est orné d'une armoirie soutenue par deux sirènes ; la face est chargée d'un cartouche portant la date de 1650 soutenu par deux sirènes coiffées de toques. H. 0,30, L. 0,54.

87. **Deux colonnes torses** en chêne, époque Louis XIII, réunies par un plateau et une base modernes. Elles forment un support. H. 1,24.

88. **Gaine ou support carré,** formé de panneaux à serviettes du XVIe siècle. H. 1,12.

89. **Table de l'époque Louis XIII,** en chêne et bois des îles. H. 0,79, Long. 1,65, Larg. 0,80.
    La ceinture est découpée.

90. **Table console** en noyer, de l'époque Louis XIV, à dessus de marbre du Languedoc. — La ceinture est ornée de rinceaux ; les pieds, en forme de gaine, sont, ainsi que l'entretoise, sculptés.

91. **Grand et beau fauteuil** en chêne sculpté, époque Louis XIV, recouvert en tapisserie au point de même époque, représentant un triomphe : femme sur un char traîné par des lions et divers personnages, le siège orné de rinceaux, fleurs et oiseaux.

92. **Six chaises en noyer sculpté,** style Louis XIV, recouvertes en étoffe imitant la tapisserie.

93. **Deux fauteuils** de même style, recouverts de même.

94. **Chaise en chêne sculpté,** de l'époque Louis XV, recouverte en tapisserie au point de même époque, représentant *Arion et l'Amour.* Sur le siège, une marche triomphale.

95. **Ecran de forme Louis XV,** supporté par une tige en fer forgé, avec tapisserie au point de l'époque Louis XIV, représentant *Mars, Vénus et l'Amour.*

96. **Autre écran de même forme et monture.** — La tapisserie, au point de l'époque Louis XIV, représente une marche triomphale, avec char traîné par des panthères.

97. **Gaine ou support carré,** formé de panneaux à serviettes du XVIe siècle. H. 1.12.

98. **Grande banquette d'antichambre,** composée avec des panneaux à serviettes et panneaux sculptés, à rinceaux et médaillons du XVIe siècle. L. 2,85.

99. **Deux chaises en noyer sculpté,** de l'époque Louis XIII. — Le dossier est armorié et surmonté de deux têtes de chérubins.

100. **Horloge de l'époque Louis XIV,** boîte en chêne à moulures, cadran en cuivre et étain, signée : *Les Frères de l'Espinasse à Maëstricht.*

101. **Ecran Louis XVI.** — La monture, en chêne sculpté, est de travail moderne ; la tapisserie ancienne, d'Aubusson, représente un enfant jardinier arrosant une caisse de roses, entouré d'une tore de laurier et de guirlandes de fleurs sur fond blanc. H. 0,75, L. 0,64, sans le bois.

102. **Deux escabeaux en chêne,** pieds tournés, époque Louis XIII.

103. **Tiroir de meuble** en chêne sculpté, formant support, époque Louis XIV. — Il est orné d'une frise à rinceaux, oiseaux, et au centre d'un masque remplaçant une poignée. L. 1,05.

104. **Frise à godrons inversés et masques de lions,** en chêne sculpté, époque Louis XIII, formant support. L. 1,50.

105. **Petite commode de l'époque Louis XV** en marqueterie de bois de couleur, ornée de bronzes redorés. H. 0,78.

106. **Meuble à deux corps** en noyer sculpté et à moulures, époque Louis XIII, avec son fronton. H. 1,87, L. 1,21.

107. **Cabinet** en bois de diverses essences, marqueté : la porte
centrale représente un pélican et ses petits.
Travail allemand, époque Louis XIV. H. 0,98, L. 0,83.

108. **Belle commode de l'époque Louis XVI**, forme dite
à ressaut et pieds cambrés, flancs contournés en marqueterie de bois rose, bois de couleurs, fleurs en bois debout.
Signée : *Bayer*. H. 0,88. L. 1 mètre et largeur à l'arrière
1,10.
Les bronzes qui ornent ce meuble sont modernes.

109. **Console de l'époque Louis XVI**, forme dite demi-lune,
marqueterie de bois rose et bois de couleurs. H. 0,85.
L. 0,77.

110. **Deux fauteuils de l'époque Louis XV**, chêne sculpté,
recouverts en étoffe, broché moderne.

111. **Fauteuil de l'époque Louis XV**, chêne sculpté, recouvert velours vert.

112. **Quatre chaises de l'époque Louis XV** en noyer,
recouvertes en velours vert.

113. **Chaises de l'époque Louis XIII** en chêne tourné,
recouvertes en velours broché de même époque.

114. **Deux chaises de l'époque Louis XV** en noyer tourné.

115. **Glace de l'époque Louis XV,** cadre en bois sculpté et
doré de même époque. H. 1,50, L. 0,87.

116. **Console de l'époque Louis XV,** bois sculpté, doré et
peint. — Marbre du Languedoc. H. 0,85. L. 0,98.

117. **Très jolie crédence du XVIᵉ siècle** en chêne sculpté.
— Les portes sont ornées de rinceaux et de petits bustes
saillants en médaillons (homme et femme) ; au centre,
bas-relief représentant le *Bon pasteur*.
Art français. H. 1,30. L. 0,94.

118. **Crédence du XVIᵉ siècle** en chêne sculpté. — La porte centrale est ornée d'un grand médaillon avec tête de profil, rinceaux et têtes de chérubins. Les colonnes, de forme balustre, sont richement ornées. — Ferrures de l'époque.

   Art français. H. 1,30. L. 0,94.

119. **Meuble carré formant armoire.** — La porte principale est ornée de rinceaux et d'un profil. Travail du XVIᵉ siècle.

   Art français. H. 1,20. L. 0,41.

120. **Crédence importante** en chêne sculpté, du XVIᵉ siècle, la partie inférieure supportée par des pilastres plats richement ornés. La ceinture, à deux tiroirs, ainsi que l'entablement sont d'une belle ornementation.

   Art français. H. 1,72. L. 1,14.

121. **Vitrine hollandaise de l'époque Louis XV** en marqueterie de bois de couleurs. H. 2 mètres. L. 1,38.

122. **Bureau forme dite à dos d'âne,** époque Louis XV, marqueterie de bois de couleurs ; sur l'abattant, une croix de Malte. H. 1,02. L. 0,85.

123. **Table de l'époque Louis XIII** en noyer tourné tors, avec pendentifs et colonnes sur l'entretoise. H. 0,77. L. 1,20.

124. **Coffret en chêne du XVIᵉ siècle,** la face, ornée de rinceaux à profils chimériques et au centre un médaillon avec profil féminin. Serrure du temps. H. 0,38, L. 0,70.

125. **Coffret en chêne sculpté du XVᵉ siècle,** la face ornée d'un cep de vigne, avec vendangeur, arbustes, oiseaux et lac. Serrure de l'époque. H. 0,34. L. 0,58.

126. **Fauteuil en chêne sculpté,** époque Louis XV, foncé de canne.

127. **Petit tabouret bois sculpté,** époque Louis XVI.

128. **Petite armoire chêne sculpté,** formée avec des panneaux du XVI⁰ siècle richement ornés. H. 1,31, L. 0,75.

129. **Horloge de l'époque Louis XV**, boîte en bois divers des îles, signée : *John Hall, London*. H. 2,40.

130. **Petite glace de l'époque Louis XV,** avec cadre en bois sculpté doré. H. 1,10, L. 0,60.

131. **Console de l'époque Louis XVI,** bois sculpté et peint. H. 0,85. L. 0,82.

132. **Très joli petit bureau de dame,** de l'époque Louis XV, en bois rose à filets, forme dite bonheur-du-jour, la partie supérieure à coulisses, le plateau se dépliant et à secrets.

Meuble d'un très bel état de conservation et d'un goût exquis. H. 1 mètre, L. 0,60.

133. **Petite commode de l'époque Louis XV,** à trois tiroirs, forme contournée en bois rose, bois de violette. Bronzes redorés. H. 0,84. L. 0,64.

134. **Canapé de l'époque Louis XV,** bois sculpté à fleurettes, peint noir, recouvert en étoffe moderne.

135. **Deux fauteuils et deux chaises de l'époque Louis XV,** bois sculpté, recouverts en étoffe moderne.

136. **Saint Jérôme,** statue en chêne sculpté du XVI⁰ siècle. — Le saint est représenté assis en costume de cardinal ; près de lui, son lion se dressant. H. 0,60.

137. **Glace d'entre-deux,** époque Louis XV, bois sculpté peint. H. 1,40. L. 0,35.

138. **Petit coffret breton,** chêne sculpté, époque du XVIII⁰ siècle.

139 **Bas-relief en chêne sculpté,** époque Louis XIII, orné de rinceaux et amours chassant. — Monté pour support. H. 0,12. L. 0,84.

140. **Cheminée,** composée de frises, montants et panneaux en chêne sculpté, de l'époque Louis XIV, dont un daté de 1661. — Le panneau supérieur est orné de niches avec quatre statuettes représentant des saints ; le fronton est formé d'un panneau écartile à moulures, flanqué de rinceaux à têtes d'anges.

141. **Deux Cheminées en chêne sculpté,** composées de panneaux de l'époque Louis XIII, colonnes torses et frises.

142. **Meuble flamand** de l'époque Louis XIII, chêne sculpté, à cinq portes, la centrale avec statuette du *Bon pasteur*, la frise supérieure ornée de têtes de chérubins. H. 1,36, L. 1,60.

143. **Petite console** forme demi-lune, bois sculpté, peint et doré, époque Louis XVI. H. 0,88, L. 0,58.

144. **Vingt panneaux en chêne sculpté,** à serviettes, époque du XVIe siècle.

145. **Grande armoire à linge** en bois sculpté et mouluré, de l'époque Louis XVI. H. 2,70, L. 1,52.

146. **Petit guéridon trépied,** de l'époque Louis XV. — Travail hollandais.

147. **Autre analogue au précédent.**

148. **Support d'angle,** formé avec trois jolies colonnes torses, en chêne sculpté de l'époque Louis XIV. H. 0.86.

149. **Fût de colonne,** cannelé, style Louis XVI.

150. **Charles Ier d'Angleterre,** statuette bois sculpté, travail moderne.

CUIVRES ANCIENS

Dinanderie

ET OBJETS EN MÉTAL OUVRÉ

DU XIVME AU XVIIIME SIÈCLE

151. **Seau à eau bénite.** — Ce seau, de caractère byzantin, est
en cuivre jaune, avec deux étages de sujets en relief,
représentant Jésus, diverses figures d'apôtres, avec les
animaux de l'apocalypse, chérubins et ornements byzan-
tins. Les tenons destinés à l'anse représentent une tête
d'animal difficile à déterminer. H. 0,20. Diamètres,
0,125-0,95.

*A figuré à l'Exposition rétrospective de Lille en 1874, sous le
n° 1823.*

152. **Ange ayant un genou à terre** et présentant un écu
échancré à dextre.

Très curieuse pièce de dinanderie du XVe siècle.
H. 0,19.

153. **Vierge diadémée** présentant l'Enfant Jésus de la main gauche et tenant de la droite un sceptre ; autour d'elle une gloire.

Très curieuse pièce de dinanderie du XVe siècle. H. 0,215.

154. **Flambeau** à tige droite pointue et double porte-lumières mobiles. — Un lionceau assis est embroché sur la pointe du flambeau. Dinanderie du XVe siècle. H. 0,38.

155. **Autre de même forme que le précédent,** sans lionceau. H. 0,29.

156. **Paire de petits flambeaux tournés.** — Dinanderie du XVe siècle. H. 0,25.

157. **Autre paire,** la base supportée par trois boules aplaties, XVIe siècle. H. 0,27.

158. **Flambeau à double lumière** supportée par un reitre les bras étendus. — Époque du XVIe siècle. H. 0,26.

159. **Petit seau à eau bénite du XVe siècle,** anse mobile. H. 0,11.

160. **Seau à eau bénite,** à anse verticale recouverte d'une tresse. — Sur le corps du vase, dont l'orifice est plus large, cinq cordes surmontées d'une fleur de lys et se terminant à la base en griffe de lion. Un écusson porte les mots : *Stephan Hogl,* XVIe siècle. H. 0,23.

161. **Mortier du XVIe siècle,** à contreforts fleurdelisés, ceinture de fleurs de lis, lac et médaillons divers. H. 0,13. Diam. 0,18.

162. **Mortier du XVIe siècle,** à contreforts de cariatides, médaillons et profils. H. 0,11. Diam. 0,105.

163. **Saint évêque,** statue du XVe siècle. — Debout, coiffé d'une mitre, il tient de la main gauche une crosse.

La main droite manque, le sommet de la mitre est fracturé.

Pièce de dinanderie du XVe siècle, d'un très beau caractère et d'une extrême rareté. H. 0,305.

164. **Statuette équestre,** guerrier vêtu à la romaine sur un
cheval galopant. — Bronze du XVI⁰ siècle. H. 0,20.

165. **Paire de flambeaux en cuivre tourné,** de l'époque
Louis XIII. H. 0,25.

166. **Paire de chenets en cuivre fondu,** époque Louis
XIII, modèle à balustre et tête de séraphin. H. 0,47.

167. **Statuette de saint François,** cuivre fondu, ciselé et
doré, du XVI⁰ siècle. — Le saint est nimbé. H. 0,15.

168. **Sainte Catherine de Bologne,** statuette en cuivre repoussé, doré. — La sainte est assise sur un trône en
bois sculpté de l'époque Louis XIII.
Art italien du XVII⁰ siècle. H. 0,41.
*NOTA. — Cet objet a figuré à l'Exposition rétrospective de
1874, sous le n° 1,810.*

169. **Ciboire pyxide en cuivre doré,** boîte hexagonale avec
toit monté sur pieds de calice.
Travail de la fin du XIV⁰ siècle. H. 0,36.
*NOTA. — Cet objet a figuré à l'Exposition rétrospective de
1874, sous le n° 1,632.*

170. **Ciboire de forme sphérique,** avec zone de fleurs de lis,
pied de calice à nœud, cuivre doré. XV⁰ siècle. H. 0,29.

171. **Ciboire de forme sphérique** à surface godronnée,
cuivre repoussé, XVI⁰ siècle. H. 0,37.

172. **Encensoir de l'époque Louis XIV,** cuivre fondu,
ajouré à têtes d'anges. H. 0,28

173. **Monstrance reliquaire,** cuivre fondu repoussé, gravé et
doré.
Travail français de la fin du XVI⁰ siècle. H. 0,54.

174. **Croix processionnelle** en cuivre repoussé et doré, la
face ornée des figures des Évangélistes, au revers Dieu
le Père et les emblèmes des Évangélistes.
Manque le Christ.
Travail de la fin du XV⁰ siècle. H. 0,53.

175. **Croix processionnelle** en cuivre repoussé doré, la face
avec le Christ en croix et les Évangélistes, même revers
que la précédente.
Manque le nœud.
Travail de la fin du XVᵉ siècle. H. 0,37.

176. **Tête de chérubin avec ailes éployées,** cuivre
repoussé doré, époque Louis XIII.
Montée en console-applique. H. 0,22.

177. **Grand flambeau du XVIᵉ siècle,** cuivre tourné.
H. 0,29.

178. **Lanterne en cuivre découpé gravé,** époque Louis XIV,
avec feuilles de corne pour vitrage. H. 0,45.

179. **Plat rond cuivre repoussé.** — Au centre, armoirie
surmontée d'un cimier. Inscription et date de 1654.
Travail du XVIIᵉ siècle. Diam. 0,53.

180. **Plat rond cuivre repoussé.** — Au centre, Ève offrant
la pomme à Adam ; légende en lettres capitales. —
Travail du XVIIᵉ siècle. Diam. 0,54.

181. **Plat rond cuivre repoussé.** — Au centre, ombilic à
godrons en spirale. Inscription gothique.
Travail de la fin du XVᵉ siècle. Diam. 0,39.

182. **Plat rond cuivre repoussé.** — Au centre, ombilic
godronné et inscription gothique.
Fin du XVᵉ siècle. Diam. 0,42.

183. **Plat rond cuivre repoussé.** — Au centre, l'*Annonciation*.
Inscriptions gothiques. Diam. 0,42.

184. **Bassin rond cuivre repoussé.** — Au fond, *Création de
la femme*.
Travail du XVᵉ siècle. Diam. 0,26.

185. **Bassin rond cuivre repoussé.** — Au fond, sujet repré
sentant le *Retour de la terre de Chanaan*. Inscription
gothique.
Travail du XVᵉ siècle. Diam. 0,28.

186. **Pelle et Pincettes,** cuivre fondu, époque Louis XIII.

187. **Seau à eau bénite,** avec son anse trilobée. — Époque du XV⁰ siècle. H. 0,17. Diam. 0,19.

188. **Flambeau en cuivre du XV⁰ siècle.** — H. 0,21.

189. **Flambeau à tige élevée,** en fer et cuivre découpé gravé, de l'époque Louis XIV.

Ce flambeau a trois porte-bougies mobiles, H. 0,51.

190. **Paire de Mouchettes en cuivre fondu.** — Travail du XVII⁰ siècle.

191. **Adam et Ève,** bas-relief cuivre repoussé, époque du XVI⁰ siècle. H. 0,29. L. 0,25.

192. **Flambeau en cuivre tourné,** fin du XVI⁰ siècle. — Il est supporté par trois boules aplaties.

193. **Paire de flambeaux cuivre fondu et tourné,** de même époque que le numéro précédent.

194. **Petit seau à eau bénite** en cuivre fondu, tourné et strié, forme ovoïde, avec anse mobile.

Dinanderie du XVI⁰ siècle.

195. **Mortier en bronze,** avec son pilon. — Il est orné d'une zone d'entrelacs et de l'inscription : ALIENOIR CARLIER. *l'an 1604.* H. 0,065. Diam. 0,075.

NOTA. — Cet objet a figuré à l'Exposition rétrospective de Lille en 1874, sous le n° 2,503, et était indiqué comme étant du XVI⁰ siècle.

196. **Saint-Jean,** figurine en bronze ciselé et doré. — Travail du XVIII⁰ siècle. H. 0,085.

197. **Série de poids en cuivre fondu,** du XVIII⁰ siècle, portant les marques : *2, un coq, une fleur de lis, B.*

198. **Petite lanterne à main** en cuivre ouvré, avec verres à cabochon. Époque Louis XIV.

199. **Petite lanterne à main** en cuivre repoussé, pouvant se plier, avec médaillon portant en exergue : *Fr. Aug. P : Rex. Elect. Sax.*

200. **Bénitier ovale,** cuivre repoussé, orné de rinceaux, d'une couronne comtale et des lettres : *S. F. R. S.* Époque Louis XIV.

201. **Bénitier** de même époque et travail ; au fond, deux chérubins.

202. **Petit lustre** en cuivre fondu et ouvré, à huit lumières et deux récipients, orné au sommet d'une couronne fermée fleurdelisée. Époque Louis XIV.

203. **Grand bras applique** à une lumière, en cuivre repoussé et découpé, époque Louis XIII.

   Cet objet a été employé pour y mettre un bec à gaz.

204. **Lanterne carrée** en cuivre ouvré, époque Louis XIV.

205. **Fontaine** en cuivre rouge repoussé, avec anses, statuettes et robinets en cuivre jaune. Époque Louis XIV. H. 0.40.

206. **Bas relief ovale** en cuivre repoussé, représentant *Saint Michel terrassant le Démon.*

   Art français du XVIIe siècle. H. 0.38.

   Les figures ont été dorées.

207. **Chaufferette en forme de seau** à anse mobile, cuivre rouge gravé, portant l'inscription : *Catherine. Françoise Demaretz* 1783.

208. **Couvre-Feu** demi-circulaire, cuivre repoussé, époque Louis XIV.

209. **Lanterne persane**, cuivre gravé ajouré, ornée de cabochons.

   Travail ancien, persan.

210. **Panier ovale** en cuivre repoussé, époque Louis XIV.

211. **Suspension formant lampe juive**, cuivre repoussé et ouvré. Époque Louis XIV.

212. **Suspension en cuivre repoussé**, avec têtes d'anges en cuivre fondu. Époque Louis XV.

213. **Lustre de l'époque Louis XIV**, monture en bronze doré, ornée de plaquettes, vases, fleurettes et boules en verrerie ancienne de Bohème, douze lumières.

214. **Petite théière en cuivre**, époque Louis XV.

215. **Lampe antique**, portée par une grue perchée sur un arbre. — Bronze d'après l'antique, conservé au musée de Naples.

216. **Plateau rond**, cuivre gravé.

Art chinois.

217. **Très curieux flambeaux de pagode** en bronze noir. — Ce flambeau est composé d'une tige ajourée autour de laquelle grimpe un dragon ; la tige est supportée par deux chiens de Fô hissés sur leurs pattes de derrière, placés sur une terrasse entourée d'une balustrade. H. 0,53.

Cet objet de très grande ancienneté est, croyons-nous, antérieur à la dynastie des Ming.

218. **Brasero en cuivre tors**. — Il est supporté par une tige à trépied, le fourneau contenu par un trident. Époque Louis XIII.

219. **Pelle et pincettes en fer**, boutons en cuivre fondu, représentant les statuettes d'*Arion*.

Fer forgé. — Trépied vénitien, époque Louis XIV.

220. **Tabatière oblongue**, cuivre repoussé, représentant le *Jugement de Salomon*. Époque Louis XV.

Art hollandais.

221. **Lot de cuivres divers**, parmi lesquels mouchettes et plateau, fronton de cadre, crochets et cuivreries diverses. Soufflet clouté de cuivre.

OBJETS ANCIENS & DIVERS

222. **Coffret gothique** recouvert en cuivre gravé, portant l'inscription : IG-OIENIOM LOEN. — Il est orné de ferrures ouvrées, découpées et d'une serrure à moraillon. Fin du XVe siècle. H. 0,14, L. 0,23.

223. **Coffret à couvercle bombé**, recouvert en cuivre gravé, orné d'arabesques et inscription, garni en fer ouvré. Travail du XVIe siècle. H. 0,19, L. 0,30.

224. **Coffret rectangulaire**, recouvert en cuivre gravé, orné de ferrures et serrure en fer découpé, XVIe siècle. H. 0,085, L. 0,17.

225. **Coffret en fer**, couvercle bombé, orné de bandes en fer découpées, et aux angles d'ogives et contreforts, fin du XVe siècle. H. 0,17, L. 0,21.

226. **Coffret en bois peint rouge**, à couvercle bombé, orné de lames de fer reperçé de style gothique, dont la centrale porte l'inscription : MP-CEREREMEP DEUS.

Commencement du XVIe siècle.

Ferrures incomplètes. H. 0,17, L. 0,195.

227. **Coffret en fer gravé** du XVIe siècle. — Il est orné de personnages en costume Henri II. H. 0,095, L. 0,125.

228. **Fer découpé.** — Entrée de serrure avec sa poignée, travail de la fin du XVᵉ siècle.

229. **Fer repoussé.** — Verrou du XVIᵉ siècle, orné d'un massacre de bœuf.

230. **Fer ouvré.** — Paire de flambeaux à plateau, trépied, travail du XVIᵉ siècle.

231. **Fer ouvré.** — Flambeau à binet mobile s'élevant et s'abaissant entre trois tiges. XVIᵉ siècle.

232. **Coffret en écaille,** époque Louis XIII, avec garniture en argent repoussé et gravé de même époque.

233. **Étain.** — Petit plateau rond avec portraits équestres de princes de la Maison d'Autriche, travail du XVIᵉ siècle. Diam. 0,20.

234. **Étain.** — Petit plateau avec portraits équestres des Électeurs, travail du XVIᵉ siècle. Diam. 0,20.

235. **Étain.** — Petit plateau rond avec sujet central, *la Résurrection*, et sur le marli *les Apôtres*. Travail du XVIᵉ siècle. Diam. 0,20.

236. **Étain.** — Grande fontaine à zones horizontales, portée par trois lions dressés présentant des écussons. — Le couvercle est surmonté d'un lion présentant un écusson plus grand, la panse est chargée sur la face d'un grand écusson, d'un robinet à dauphins et d'une anse verticale. Les deux écus de face portent gravées des inscriptions, des outils de travail de maréchal ferrant et la date *9 mai 1702.*

Les lions et le robinet sont dorés.

Art allemand. H. 0,59.

237. **Étain.** — Deux plats ronds et ovales portant les marques : *Étain d'Angleterre, M. B. — M. Boissacq, à Tournai.*

238. **Étain.** — Broc à bière, marque *A la Rose : Radot, à Lille,* et *Moutardier.*

239. **Pendule en marqueterie de Boulle,** écaille noire et cuivre, ornée de bronzes ciselés et dorés. H. 1 mètre, socle à accrocher compris.

240. **Pendule de l'époque Louis XVI,** marbre blanc, bronze vert et bronze ciselé et doré. — Le mouvement est porté par deux amours à cheval sur des boucs ; il est surmonté d'une figure de bacchante.

Mouvement signé : *Cochard, successeur du cit. Le Roy.*

Très jolie pendule, d'une exécution fine et bien conservée. H. 0,50, L. 0,38.

241. **Paire de flambeaux girandoles** à deux lumières, bronze ciselé et doré, époque Louis XVI.

242. **Paire de flambeaux** bronze ciselé, époque Louis XVI, modèle à balustre canelé.

243. **Pendule de l'époque Louis XVI.** — Marbre blanc, bronze ciselé et doré, de forme pyramidale, surmontée d'une sphère mobile ; elle est ornée sur la face d'un beau trophée militaire et posée sur un socle de marbre noir. H. 0,60.

244. **Paire de vases de l'époque Louis XVI** en verre bleu, garni de bronze ciselé et doré, avec chaînettes.

245. **Paire de flambeaux** en bronze gravé et doré, époque Louis XIV.

246. **Pendule de l'époque du premier Empire,** bronze ciselé et doré.

247. **Paire de flambeaux de l'époque Louis XV,** bronze doré.

248. **Crucifix de l'époque Louis XIV,** croix en écaille rouge avec filets en bois noir, christ en bronze.

Petit crucifix croix en écaille rouge, cadre en bois guilloché Louis XIV.

249. **Petite pendule de l'époque Louis XIV** en écaille rouge et bois divers, forme dite religieuse.

250. **Petit socle de pendule** forme console, en marqueterie de cuivre et d'écaille de Boulle, orné de bronzes ciselés.

251. **Très petite pendule de l'époque Louis XV**, cage en cuivre gravé.

252. **Pendule à colonnes** formant portique, avec tablier en bronze ciselé doré, époque Louis XVIII. Mouvement signé : *Manfredi orlog del Rio Milano*.

253. **Paire de flambeaux** de l'époque du Directoire, en maillechort.

254. **Faune d'après l'antique**, statue bronze signée : *Barbedienne, fondeur*. H. 0,72.

255. **Petit moulin à café** en bois, époque Louis XV.

256. **Baromètre-Thermomètre** en bois sculpté, peint vert et doré, époque Louis XV.

257. **Petite glace biseautée**, avec cadre en ébène gravé, époque Louis XIV.

258. **Ecritoire en maroquin noir,** garni en argent ciselé, travail de l'époque Louis XVI.

   La garniture, en argent, est très finement exécutée et ornée d'attributs scientifiques et champêtres.

259. **Deux statuettes en bronze. —** *L'Automne*, *l'Hiver*, signées : *A. Carrier*. H. 0,53.

   Deux socles en marbre serpentin. H. 0,17.

260. **Petite statuette en bronze**, d'après l'antique. — *Flûtiste dansant*.

261. **Petite statuette en bronze. —** *La danse*.

262. **Brosse de l'époque Louis XIV,** en noyer, incrustée de cuivre et de nacre, gravée et sculptée, formant bouquets de fleurs.

263. **Coupe en bronze, d'après l'antique,** ornée sur la panse de masques humains. H. 0,20. D. 0,22. Socle en marbre serpentin. H. 0,17.

264. **Bougeoir en cuivre,** gravé, manche en cuivre fondu, avec figures de guerriers, époque Louis XIV.

265. **Bassinoire époque Louis XIV**, en cuivre repoussé, ornée au centre d'une fleur de lis.

266. **Bassinoire en cuivre repoussé**, époque Louis XIV, ornée au centre d'un paysage gravé.

267. **Bassinoire en cuivre rouge gravé**, époque Louis XV.

268. **Réchaud en cuivre,** époque Louis XV.

269. **Sous ce numéro,** divers moulins à poivre de l'époque Louis XV et diverses pièces cuivres anciens.

Ombrelle du temps de Louis XV.

Balai de l'époque Louis XIV, manche en os tourné.

Manche de balai en os tourné, même époque.

Aune avec poignée en ivoire.

ÉMAUX

---

270. **Sainte Véronique,** émail peint, de Limoges, époque du XVIᵉ siècle. — Cadre en écaille.

271. **Ecce Homo**. — Email de même époque et qualité que le précédent, encadré de même.

272. **Coupe à piédouche**. — Email peint, de Limoges, par Pierre Remond. — Au fond de la coupe, le Christ vu de profil; autour, les bustes saints Mathias, Jacob, Simon et André.

> Réparée au piédouche. Diam. 0.19.

273. **Sainte Thérèse**. — Email peint, de Limoges, par J. Laudin, époque Louis XIV. Cadre en bois guilloché.

274. **Huit étiquettes à vin et liqueurs**, époque Louis XVI.

ARMES ANCIENNES, ÉTENDARDS

275. **Epée du XIV⁰ siècle**, le pommeau tête d'aigle en fer
   ciselé, les quillons recourbés en forme de griffes du même
   oiseau. — Lame tronquée.

276. **Epée du XVI⁰ siècle**, à pommeau, striée, garde ajourée
   et quillons recourbés horizontalement.

277. **Deux flèches** en chène, empennées de même, à pointes
   de fer, époque du XV⁰ siècle.

278. **Hallebarde du XVI⁰ siècle** à longue pointe, avec hache
   découpée et ajourée.

279. **Hallebarde de même époque** et de forme analogue à la
   précédente.

280. **Autre de même époque** et forme analogue.

281. **Hallebarde suisse** du XVI⁰ siècle à pointe large, la
   hache de forme lourde.

282. **Hallebarde du XVI⁰ siècle** à longue pointe. Hache
   découpée et repercée.

283. **Hallebarde de même époque** et forme que la précédente.

284. **Autre hallebarde suisse**, forme dite Vouge.

285. **Hallebarde de même époque,** fer plus petit que les précédentes.

286. **Pertuisane découpée** et richement gravée, époque Louis XIII.

287. **Pertuisane découpée** et gravée, travail du XVIe siècle. Les armoiries ont été effacées.

288. **Morion du XVIe siècle,** orné de clous de cuivre.

289. **Salade du XVIe siècle,** cloutée de cuivre.

290. **Cuirasse du premier Empire,** cloutée de cuivre.

291. **Porte-mèche de l'époque Louis XIV,** hampe tournée, le porte-mèche à serpents et têtes de cygnes.

292. **Arbalète en fer,** avec crosse en noyer, époque du XVIe siècle.

293. **Arbalète saxonne du XVIe siècle,** avec son cranequin, le corps en bois garni d'os et d'ivoire.

294. **Trompette de cavalerie du XVIIIe siècle. —** Le pavillon est gravé, orné d'une armoirie et de l'inscription placée de chaque côté :

Macht | *Philipp*
Scholler | *in Minchen*

Avec tresses et glands de soie.

295. **Tambour de basque,** commencement du XIXe siècle.

FAÏENCES ANCIENNES

296. **Monte-Lupo**. — Deux plats ronds représentant un cavalier et un hallebardier, décor polychrome. XVIe siècle.

297. **Faenza**. — Bénitier à reliefs, décor polychrome du XVIIe siècle.

Objet curieux ayant figuré à l'Exposition rétrospective de Lille en 1874, sous le no 715.

298. **Urbino**. — Coupe godronnée à ombilic, décor polychrome, arabesques et *Extase de saint François*.

Ayant figuré à l'Exposition rétrospective de Lille en 1874, sous le no 754.

299. **Pesaro**. — Coupe godronnée à reflets métalliques; au centre, profil de femme avec légende : *Pandora bella*. XVIe siècle. Fêlures.

300. **Deruta**. — Coupe godronnée, décor polychrome, ornements alternés; au centre, paysage.

301. **Imitation d'Urbino**. — Coupe godronné à décor polychrome en plein, représentant le *Miracle de la fournaise*.

302. **Caffagiolo**. — Paire de cornets, décor polychrome, ornements sur fond bleu avec saints à mi-corps, XVIe siècle.

303. **Deruta**. — Paire de vases de pharmacie, couverts et à bec, surface godronné, décor polychrome, ornements XVIe siècle.

304. **Milan**. — Assiette creuse, décor polychrome de goût chinois. XVIIIe siècle. Félure.

305. **Delft doré**. — Deux assiettes, décor bleu, rouge et or, dit à *la haie*. XVIIIe siècle. Fêlées.

306. **Trois assiettes**. — Décor polychrome à caissons séparés par un vermiculé à fond bleu, XVIIIe siècle.

307. **Delft**. — Deux plats ronds à surface de manganèse soufflé et sujets polychromes *(Mars et Vénus)*. XVIIIe siècle. — Un fêlé.

308. **Delft**. — Plat à fond bleu soufflé, décor polychrome représentant quatre nymphes. XVIIIe siècle. — Réparé.

309. **Delft**. — Deux statuettes : *Chevaux caparaçonnés*, décor polychrome. XVIIIe siècle. — Jambes réparées.

310. **Delft**. — Singe assis formant théière, décor bleu, terrasse polychrome. XVIIIe siècle.

311. **Delft**. — Singe assis formant théière, décor manganèse et ocre. XVIIIe siècle.
Manque le couvercle.

312. **Delft**. — Deux bouteilles à décor bleu, signées du monogramme *AK. de Albrecht de Keiser*, vers 1645.
Très belle qualité d'émail et de décor.

313. **Delft**. — Pichet émaillé vert d'eau, décor polychrome (personnages chinois) monture en étain, XVIIIe siècle.

314. **Delft**. — Pichet décor bleu (personnages chinois), XVIIIe siècle. Couvercle en étain.

315. **Delft**. — Pichet à décor bleu (personnage chinois). XVIIIe siècle. Couvercle en étain.

316. **Delft.** — Corbeille ajourée forme Louis XV, décor vert et
manganèse, XVIIIe siècle.

317. **Delft.** — Paire de potiches fond bleu à fleurs de pêcher
et gazelles, XVIIe siècle.

318. **Delft.** — Soupière couverte à deux anses et bec tête de
lion, décor bleu, au revers. Signature : *A. O., 1742.*

319. **Delft.** — Plat rond, décor bleu (personnages chinois),
XVIIIe siècle.

320. **Delft.** — Pichet, marbrures polychrome, XVIIIe siècle.

321. **Delft.** — Pichet, décor bleu à damier, XVIIIe siècle.

322. **Delft.** — Plat rond, décor polychrome (fleurs et oiseaux),
XVIIe siècle. — Fêlures.

323. **Delft.** — Deux assiettes et plat rond, décor bleu, XVIIe
siècle.

324. **Delft.** — Grande potiche couverte, décor bleu (lambrequins
et fleurs), XVIIe siècle. — Eclat au couvercle.

325. **Delft.** — Deux plats ronds, décor bleu, XVIIe siècle.
— Un fêlé.

326. **Delft.** — Deux plats ronds, décor polychrome (vase de
fleurs), XVIIIe siècle.

327. **Delft.** — Deux plats ronds, décor bleu, XVIIe siècle.

328. **Delft.** — Plat rond, décor polychrome à caissons sur fond
vert, XVIIIe siècle.

329. **Delft.** — Deux tableaux à décor bleu, composés de six
carreaux (*Hommes dansant tenant un chien et un chat*),
XVIIIe siècle.

330. **Delft.** — Cache-pot, décor bleu (paysages et personnages),
XVIIIe siècle.

331. **Delft.** — Assiette à bord contourné, décor bleu, XVIIIe
siècle.

332. **Imitation de Delft doré.** — Garniture comprenant deux cornets et trois potiches, décor polychrome et or.

333. **Delft.** — Deux jardinières composées avec vingt carreaux monture en bois, XVIIIe siècle.

334. **Bailleul.** — Deux petites statuettes équestres, fracturées, XVIIIe siècle.

335. **Desvres.** — Plat rond, décor polychrome (cavalier romain), XVIIIe siècle.

336 **Desvres.** - - Trois plats ronds, décor polychrome (fleurs et oiseaux).

337. **Saint-Omer.** — Assiette émail bleu, avec imbrications blanches, époque Louis XV.

338. **Delft.** — Coupe à piédouche, bord festonné, décor bleu dit de modèles. XVIIIe siècle.

339. **Delft.** — Petite potiche couverte, décor bleu, XVIIIe siècle.

340. **Delft.** — Potiche ronde, décor bleu, XVIIe siècle.

341. **Delft.** — Petit plat godronné, décor bleu, XVIIIe siècle.

342. **Sarreguemines.** — Paire de flambeaux, fût canelé supporté par trois personnages à genoux. Epoque du premier Empire.

343. **Lille ou Bruxelles ?** — *Hercule et Mars*, statuette émail stanifère et manganèse.

    Reproduction des statues qui décorent la porte de Paris à Lille.

344. **Lille ou Bruxelles ?** — *Jupiter enfant*, statuette émail stanifère et manganèse.

345. **Marseille.** — Coquetier, décor polychrome : il est formé par un dauphin la queue relevée sur la tête portant le coquetier. — Pot à eau de même qualité et époque.

    Très belle qualité, décoré par Savy. XVIIIe siècle.

346. **Hispano mauresque**. — Plat rond, décor à reflets métalliques, XVIIe siècle.

347. **Imitation de Palissy**. — Plat ovale, reproduction polychromée.

348. **Aire**. — Chaufferette ou gueux à reliefs de feuillages et personnages, fin du XVIIIe siècle.

349. **Nevers**. — Grand cache-Pot évasé à anses torsées verticales, décor polychrome (paysage et armoiries portant d'argent au chevron de gueules et à trois cimiers, placés deux en chef, l'un en pointe).

    Pièce d'une très belle qualité et très rare. H. 0,25. Diam. 0,33.

350. **Nevers**. — Pichet émail bleu, imbrications blanches, XVIIIe siècle. Couvercle en étain.

    Très bel émail et qualité.

351. **Nevers**. — Cornet décor bleu (personnages chinois), XVIIIe siècle. Ebréché à l'orifice.

    Très bel émail et qualité.

352. **Marseille**. — Aiguière forme casque, décor polychrome (fleurs), XVIIIe siècle. — Fêlure.

353. **Strasbourg**. — Aiguière forme casque, décor polychrome (fleurs), XVIIIe siècle, et Pot à eau couvert, même qualité et époque.

354. **Strasbourg**. — Trois soupières rondes et ovales, plat ovale, quatre assiettes, décor polychrome (fleurs).

    Ce numéro sera divisé.

355. **Milan**. — Plat rond bord festonné, décor polychrome, XVIIIe siècle.

356. **Moutiers**. — Plat ovale festonné, décor bleu d'après Berain, XVIIe siècle.

357. **Rouen**. — Bannette, décor bleu et rouille, ornée au centre d'une corbeille de fleurs et de cornes d'abondance, le marli orné de rinceaux et ornements rappelant la ferronnerie. — Fêlure.

Très belle qualité, grande finesse d'exécution. Époque Louis XIV.

358. **Rouen**. — Deux assiettes, décor bleu, au centre corbeille de fleurs, sur le marli entrelacs et guirlandes de fleurs, au revers monogramme D. Époque Louis XV. — Fêlures.

359. **Rouen**. — Petite bannette à anses torsées, décor bleu à lambrequins, époque Louis XIV. — Réparée.

360. **Rouen**. — Porte-burettes à huile, très riche décor polychrome d'une très belle qualité. Époque Louis XIV. — Fêlé.

361. **Rouen**. — Pichet couvert, décor polychrome à la corne, époque Louis XV, signé : *M. V.*, fabriqué vers 1755.

362. **Rouen**. — Quatre assiettes, décor polychrome dit à la corne, époque Louis XV.

Très bel émail et qualité. — Deux fêlées.

363. **Rouen**. — Saucière à reliefs rocaille, époque Louis XV, décorée intérieurement d'une corne tronque et de fleurs. Signée d'une croix et de la lettre I.

Forme excessivement rare, gracieuse et d'une très belle qualité.

364. **Rouen**. — Deux burettes, décor polychrome (fleurs), époque Louis XVI.

365. **Rouen**. — Soupière ronde, surface côtelée, décor polychrome (personnages chinois, pagodes et paysages), époque Louis XV. — Vasque fêlée.

366. **Rouen**. — Soupière ovale, décor polychrome (bouquets de fleurs, dont un à la tulipe), époque Louis XV, signée *M. S. H.* — Vasque fêlée.

367. **Rouen**. — Cache-pot cylindrique, décor polychrome (personnages chinois et pagodes), époque Louis XV, signé : *A. D.* Très belle qualité.

368. **Rouen**. — Bannette , décor polychrome (corbeille de fleurs au centre), époque Louis XVI.

369 **Rouen**. — Grand plat ovale, décor polychrome (personnages chinois et pagodes), signé : *A. D.*, époque Louis XV.

370. **Rouen**. — Grand plat ovale, décor polychrome à la double corne, signé : *D.*, époque Louis XV.

371. **Rouen**. — Cache-pot à anses torsées verticales, décor bleu à lambrequins, époque Louis XIV.

372. **Rouen**. — Cache-pot cylindrique, décor bleu à lambrequins, époque Louis XIV.

373. **Rouen**. — Deux moutardiers, décor polychrome, époque Louis XVI.

374. **Rouen**. — Paire de bouteilles octogonales, décor bleu à lambrequins, époque Louis XIV.

375. **Lille**. — Broc, décor polychrome représentant un chariot attelé à trois, époque Louis XV.

376. **Lille**. — Broc, décor polychrome (paysan conduisant sa charrue à qui Jésus apparaît), époque Louis XVI.

377. **Maroc**. — Plat rond creux, décor polychrome (des fabriques du Magreb).

378. **Sinceny**. — Assiette, décor polychrome (arbuste et oiseaux), époque Louis XVI.

379. **Sinceny**. — Assiette, bord festonné, décor polychrome et plat à barbe de fabrication inconnue.

380. **Rouen**. — Grand cache-pot évasé, anses écartées, décor bleu à lambrequins, époque Louis XIV.

381. **Castelli**. — Plaque ovale, décor polychrome *(Sacrifice d'Abraham)*, XVIIᵉ siècle.

382. **Rouen**. — Deux encriers, décor bleu et polychrome, époque du XVIIIᵉ siècle.

383. **Sous ce numéro,** divers Objets omis.

PORCELAINES ANCIENNES

384. **Chine.** — Vase à fleurs, décor bleu pomiforme, à cinq lobes à ouverture ; il est surmonté d'un long col. Époque des Ming.

   Très belle qualité.

385. **Chine.** — Paire de vases ovoïdes, décor vert à marbrures, avec bouquets polychromes et zones de lambrequins bleus, époque des Ming.

386. **Chine.** — Deux vases à panse surbaissée, large col élevé à ouverture évasée, anses ajourées perpendiculaires, décor bleu.

   Très belle qualité. Époque de Kien-Long.

387. **Chine.** — Plat rond, décor bleu (dit de commande) ; au centre, une figure de *Bacchus enfant*, entourée d'une zone de pampres ; le marli, à surface en relief, a ses godrons peints bleu.

   Très belle qualité, très rare. Époque du XVIIIe siècle.

388. **Chine.** — Quatre assiettes, décor bleu (bouquets et modèles), époque de Kien-Long.

389. **Chine.** — Coupe creuse côtelée, décor polychrome de la famille rose. Monture en bronze doré moderne.

390. **Chine.** — Assiette, riche décor bleu, au centre haie et arbustes, caissons sur le marli. Signée : De la Chrysanthème. Époque de Kien-Long. Belle qualité.

391. **Chine.** — Bol, surface côtelée, décor polychrome, époque des Ming.

392. **Chine.** — Petite potiche cylindrique, à fond bleu, ornée, réserves chargées de modèles et bouquets de fleurs, époque des Ming, très belle qualité. Monture en bronze de style Louis XIV.

 Couvercle réparé.

393. **Chine.** — Grand plat rond, décor bleu, XVIIIe siècle.

394. **Chine.** — Petit plat de même époque.

395. **Chine.** — Deux plats ronds, décor polychrome (fleurs et vases), époque de Kien-Long.

396. **Chine.** — Huit assiettes, riche décor polychrome, famille rose, époque de Kien-Long.

397. **Chine.** — Deux assiettes creuses, très beau décor polychrome (fleurs et oiseaux), époque de Kien-Long.

398. **Chine.** — Deux assiettes à décor polychrome et rehauts d'or (paysage), marli à fond bleu et réserve, époque des Ming.

399. **Chine.** — Deux plats ronds creux, très beau décor polychrome rehaussé d'or, époque des Ming.

400. **Chine.** — Assiette, décor polychrome famille rose, modèles rehaussés d'or, très belle qualité, époque de Kien-Long.

401. **Chine.** — Assiette, décor polychrome, famille verte, rehaussée d'or (scène de roman), époque des Ming.

402. **Chine.** — Bol, décor polychrome (fleurs et oiseaux), époque de Kien-Long. — Réparé.

403. **Chine.** — Cinq assiettes, décor polychrome (fleurs), époque de Kien-Long. — Une fracturée.

404. **Chine**. — Deux bols famille rose. — Fêlés.

405. **Chine**. — Bol famille rose (fleurs), rehaussé d'or, XVIIIe siècle.

406. **Chine**. — Beurrier et son plateau, décor bleu, XVIIIe siècle.

407. **Chine**. — Deux beurriers ronds, décor bleu, XVIIIe siècle.

408. **Chine**. — Deux plats oblongs, décor bleu, XVIIIe siècle.

409. **Chine**. — Soupière ovale, mêmes décor et époque.

410. **Chine**. — Plat rond, décor bleu, XVIIIe siècle.

411. **Chine**. — Trois saucières, mêmes époque et décor.

412. **Chine**. — Plat creux rond, décor bleu, XVIIIe siècle.

413. **Chine**. — Deux autres de même époque, à surface gaufrée.

414. **Chine**. — Deux bols, décor bleu, XVIIIe siècle.

415. **Chine**. — Quatre plats, décor bleu, XVIIIe siècle.

416. **Chine**. — Quatre plats à décor bleu, XVIIIe siècle. — Fracturés.

417. **Chine**. — Quatre assiettes, décor bleu, au centre paysage, XVIIIe siècle.

418. **Chine**. — Six assiettes, décor bleu (palmier), XVIIIe siècle.

419. **Chine**. — Six assiettes, décor bleu (saule pleureur), XVIIIe siècle.

420. **Chine**. — Vingt assiettes, décor bleu (fleurs), XVIIIe siècle.

421. **Chine**. — Neuf assiettes, décor bleu (bambous), XVIIIe siècle.

422. **Chine**. — Cinq assiettes, décor bleu (fleurs). — Plat rond, décor bleu.

423. **Chine**. — Neuf assiettes, décor bleu (fleurs).

424. **Chine**. — Deux assiettes, décor bleu (fleurs), et petit plateau carré.

425. **Chine.** — Huit assiettes, décor bleu (paysages).

426. **Chine.** — Huit assiettes, décor bleu (divers).

427. **Chine.** — Deux soucoupes, décor polychrome et or (scène de roman à plusieurs personnages). Très belle qualité. Époque de Kien-Long.

428. **Chine.** — Deux soucoupes famille rose, décor (fleurs et modèles), époque de Kien-Long.

429. **Chine.** — Deux petites tasses et soucoupes, famille rose, époque de Kien-Long. — Très belle qualité.

430. **Chine.** Six tasses et soucoupes, décor corail et rose, époque de Kien-Long.

431. **Chine.** — Deux tasses, capucin à réserves ornées de fleurs, époque Kien-Long.

432. **Chine.** — Pot à lait et théière, décor polychrome.

433. **Chine.** — Six tasses, deux soucoupes et pot à lait, décor varié.

434. **Inde.** — Petit plateau forme contournée, décor polychrome, XVIII⁰ siècle.

435. **Japon.** — Six assiettes octogones, décor polychrome et or, XVIII⁰ siècle. — Très belle qualité.

436. **Japon.** — Deux beaux plats ronds (fleurs), décor polychrome et or, XVIII⁰ siècle. — Très belle qualité.

437. **Japon.** — Sept soucoupes, six tasses (paysages rehaussés d'or).

438. **Japon.** — Six soucoupes et quatre tasses, décors variés.

439. **Japon.** — Plat rond, trois bols et sucrier, décor polychrome.

440. **Japon.** — Deux plats ronds côtelés, décor bleu. Modernes.

441. **Japon.** — Deux raviers, décor bleu. Modernes.

442. **Saxe.** — Deux cache-pots, décor polychrome (fleurs), XVIII⁰ siècle.

443. **Saxe.** — Théière, deux tasses et soucoupes, décor polychrome (boutons de roses), époque Marcolini.

444. **Lille.** — Petite cafetière, décor polychrome (bouquets), signée en dessous : *A Lille*.

445. **Paris.** — Sucrier et tasse à filets bleus, décor polychrome, époque Louis XVI.

446. **Paris.** — Tasse et soucoupe, filets or et paysage noir, signées : *Neeles*.

447. **Tournai.** — Assiette, décor camaïeu rose (berger et moutons). — Pièce douteuse. Fêlée.

448. **Paris.** — Deux tasses et soucoupes, décor polychrome (fleurs).

449. **Berlin moderne.** — Patineur et moissonneur, décor polychrome.

450. **Paris.** — Tasse et soucoupe, décor polychrome (fleurs) signé : *C. P.*

451. **Paris** (La Courtille). — Pot à lait, douze tasses et soucoupes décor polychrome dit au barbeau, époque Louis XVI.

452. **Paris.** — Deux pots à fleurs, décor polychrome d'ornements et figures allégoriques dans le goût de Salembier, époque Louis XVI.

453. **Sèvres** 1857. — Petits bustes de Louis XVI et Marie-Antoinette.

454. **Tournai pâte tendre.**

    1 Soupière.

   36 Assiettes plates.

   12 Assiettes creuses.

    1 Légumier.

    2 Raviers.

    1 Saucière.

    2 Plats ovales.

    2 Plats ronds.

   12 Assiettes à dessert.

    1 Plat carré.

455. Tournai pâte tendre.

> 12 Tasses et soucoupes.
> 1 Théière.
> 1 Pot à lait.
> 1 Sucrier et plateau.

456. Tournai pâte tendre. filets bleus.

> 1 Légumier.
> 1 Écuelle.
> 2 Bols.
> 2 Plats, décors différents.

457. Vienne. — Deux plats ovales, décor bleu, XVIIIe siècle.

458. Grès mosan du XVIIe siècle. — Petite cruche à panse ovoïde, fond bleu, (vases de fleurs en relief). Sous le bec, masque chimérique. Couvercle en étain.

459. Grès mosan du XVIIe siècle. — De même forme que le précédent, le bec orné d'un masque chimérique et la panse de petites rosaces.

460. Grès mosan du XVIe siècle. — Petite cruche à panse ronde aplatie et godrons décorés bleus. Couvercle d'étain.

461. Grès gris flamand du XVIIe siècle, orné sur la panse d'une armoirie. Couvercle en étain.

462. Fabrique inconnue. — Chocolatière et théière en terre vernissée brun foncé, garniture en argent ciselé, époque Louis XVI.

463. Terre cuite. — Deux statuettes (enfants, l'un tenant des colombes, l'autre tenant un flacon et un verre), signées : *J.-B. Nys, 1717.*

Terre cuite. — Saint Mathieu, statuette du XVIIIe siècle. Art flamand.

464. Sous ce numéro, Porcelaines et Faïences diverses omises et Vases modernes.

ARGENTERIE

465. **Coupe ovale** à godrons repoussés et oreillons fondus et ciselés, époque Louis XIV. — Poids : 87 grammes.

466. **Ecuelle ronde** à oreilles horizontales découpées et gravées, époque Louis XIV. — Poids : 224 gr.

467. **Coupe ovale**, forme contournée, époque Louis XV. — Poids : 149 gr.

468. **Sucrier rond** à double plateau. — Poids : 385 gr.

469. **Plateau à bouteilles**, forme Louis XV. — Poids : 72 gr.

470. **Cafetière de style Louis XV** à godrons spiralés. — Poids : 395 gr.

471. **Cafetière du premier Empire.** — Poids : 440 gr.

472. **Cafetière de l'époque Louis XVI.** — Poids : 700 gr.

473. **Porte-Liqueurs,** époque Louis XVIII, avec quatre flacons. — Poids : 645 gr.

474. **Moutardier de l'époque Louis XVI,** avec écusson entouré d'amours. — Poids : 49 gr.

475. **Deux salières ovales Louis XVI,** guirlandes de fleurs et amours. — Poids : 42 gr.

476. **Deux salières à trépieds,** cariatides ailées, époque du premier Empire. — Poids : 153 gr.

477. **Deux autres de même époque,** avec masque comique. — Poids : 128 gr.

478. **Porte Burettes à huile,** ciselé, style Louis XV, avec ses flacons en verre taillé. — Poids : 380 gr.

VERRERIE ANCIENNE

479. Sous ce numéro :

4 Carafonds taillés, époque Louis XVI.

2 Sucriers taillés, époque Louis XVI.

1 Flacon rond taillé, époque Louis XVI.

1 Moutardier.

1 Plateau ovale.

2 Salières diverses.

12 Verres de diverses époques.

1 Verre de Venise.

1 Verre de Bohème couvert.

TABLEAUX

480. **Francken** (Ecole des Franck ou). — Deux volets de tryptiques représentant quatorze scènes de l'histoire de Jésus-Christ. — Bois : H. 1,16, L. 1,10.

481. **Ecole flamande du XVI**e **siècle.** — Tryptique représentant l'*Adoration des Mages*, la *Visitation* et des docteurs. — Bois : H. 5,65, L. 0,80.

482. **Ecole flamande du XVI**e **siècle.** — *Portraits d'homme et de femme* vus en buste, encadrés et formant dyptique. — Bois : H. 4,35, L. 1,65.

483. **Moro** (Antoine de Mor ou). — *Portrait d'un gentilhomme.* Il est vu de face, tête nue, le col entouré d'une fraise, en pourpoint de soie gris clair, la main droite appuyée sur la hanche, la gauche tenant la poignée de son épée.

Œuvre de beaucoup de caractère. — Bois : H. 0,39, L. 0,295.

484. **Coxie** (Genre de Michel). — *Jésus au jardin des Oliviers.* Bois : H. 0,41, L. 0,35.

485. **Schorel** (Jean Schoorl, dit). — Tryptique : *Le Calvaire.* Les panneaux représentent la Vierge et l'Ange.

Tableau curieux et bien conservé. — Bois : H. 1,10, L. 1,60.

486. **Ecole flamande du XVIe siècle**. — Tryptique : *L'Adoration des Mages*. Le panneau de droite représente le roi maure, celui de gauche un pèlerin ; à l'extérieur, les panneaux représentent saint Étienne et un abbé agenouillé, donataire. — Bois : H. 0,85, L. 1,25.

487. **Ecole flamande du XVIe siècle**. — Tryptique : *La Vierge et l'Enfant*. Les panneaux représentent le mari et la femme donataires agenouillés ; fermés, ils représentent en grisaille le fils des donataires tenant ses armoiries. — Bois : H. 0,54, L. 0,77.

488. **Weyden** (attribué à R. V. der). — Panneau cintré représentant *Dieu le Père soutenant le corps de Jésus*. — Bois : H. 0,53, L. 0,34. Provient de la collection Minart.

489. **Weyden** (attribué à R. V. der). — *Saint Jean soutenant la Vierge*. — Bois : H. 0,50, L. 0,34. Provient de la collection Minart.

490. **Hemessen** (Ecole de). — Grand devant d'autel à quatre compartiments formant tryptique représentant l'histoire de saint Sébastien : son départ, sa comparution devant le roi, son martyre et ses funérailles. Costumes et armures curieuses. — Bois : H. 0,61, L. 2,18.

491. **Mabuse** (genre de Jean de). — *La Vierge tenant l'Enfant*, œuvre d'un joli caractère et d'un grand sentiment de modestie. — Bois : H. 0,50, L. 0,39.

492. **Breughel** (École de Pierre). — *Noce villageoise*. Devant une ferme, un repas de noce, un ménétrier, des danseurs et autres personnages courant, mangeant et causant. — Bois : H. 0,54, L. 0,63.

493. **Vinck**. (Joseph). — *Paysage montagneux*. Au premier plan, sur une route, Jésus apparaît à ses disciples près d'Emmaüs. — Bois : H. 0,46, L. 0,66.

494. **Wildens** (Jean). — *Paysage*. Route longeant les bords de l'Escaut, avec nombreux personnages au fond. Anvers. — Toile : H. 0,76, L. 1,50.

495. **Rogier Van der Veyden** (École de). — *Jésus conduit au Calvaire.* — Forme cintrée sur bois : H. 0,295, L. 0,19.

496. **Eyck** (attribué à J. Van). — *Saint évêque agenouillé et priant devant l'autel de la Vierge.*
Très joli tableau, reparé, signé Van Eyck. — Bois : H. 0,315. L. 0,22.

497. **École byzantine russe.** — *Jésus dans sa gloire avec la Vierge et Saint-Jean.*
Peinture sur fond or, école de Moscou, XVIIIe siècle. — Bois : H. 0,35 : L. 0,25.

498. **Callot** (Genre de Jacques). — *Paysage montueux.* Au premier plan, nombreux personnages exécutés d'une façon très spirituelle. — Cuivre : H. 0,22. L. 0,31.

499. **Otto Venius.** — *David rapportant la tête de Goliath.* Marchant devant Saül, David porte la tête du géant au bout d'une lance et est acclamé par le peuple. — Cuivre : H. 0,29, L. 0,35.

500. **Manfredi** (Francisco). — *Jésus présenté au peuple.* — Bois : H. 0,21, L. 0,25.

501. **Rubens** (École de). — *Saint Paul rapporté du chemin de Damas.* — Bois : H. 0,49, L. 0,85.

502. **Franck** (Gabriel). — *Adoration des Mages.* Importante composition. — Bois : H. 0,67, L. 0,88.
Cadre en bois sculpté.

503. **Ricci** (Sébastien). — *L'Invention du Rosaire.* Toile : H. 0,62, L. 0,38.

504. **Franck** (Ambroise). — *Les Noces de Cana.* — Bois : H. 0,39. L. 0,56.

505. **Ecole flamande du XVII**[e] **siècle.** — Deux volets de tryptique représentant la *Fuite en Egypte*, la *Circoncision*. — Bois : H. 1,08, L. 0,43.

506. **Ecole flamande.** — *Grand-Prêtre.* — Bois : H. 1,13, L. 0,43.

507. **Ecole flamande.** — *Parabole des travailleurs de la vigne.* Bois : H. 0,72, L. 1,50.

508. **Rembrandt** (Ecole de). — *Tête de femme* coiffée d'un turban. — Bois : H. 0,57, L. 0,44.

509. **Senave** (Jacques-Albert). — *L'Heureuse famille.* Importante composition imitée d'Ostade. — Bois : H. 0,40, L. 0,47.

510. **Portrait de Wille.** — Vu en buste, coiffé d'un tricorne. L'on voit au fond l'atelier du maître. — Toile : H. 0,20, L. 0,18. Provient de la collection Langlart.
Cadre en bois sculpté.

511. **Duchâtel** (François). — *Noce villageoise.* Composition importante de quarante personnages dans le goût de David Teniers. — Bois : H. 0,52, L. 0,70.

512. **Janssens** (Victor-Honoré). — *Réunion galante dans un parc.* — Toile : H. 0,53, L. 1 mètre.

513. **Huysmans** (de Bruxelles). — *Paysage.* Sur une route sablonneuse et ornée d'arbres, de nombreux personnages. — Toile : H. 0,78, L. 0,59.

514. **Velde** (Isaac Van de). — *Village près d'une mare.* — Fort joli tableau. — Bois : H. 0,35, L. 0,53.

515. **Lebiez.** — *Portrait d'homme,* signé et daté 1843. — Toile : H. 0,46, L. 0,38.

516. **Ecole française.** — *Portrait de femme,* époque Louis XVI. — Toile ovale : H. 0,54, L. 0,44.

517. **Corrège** (D'après le). — *Agar dans le désert.* — Toile : H. 1,10, L. 0,88.

518. **Monnoyer** (Ecole de). — *Vases contenant des fleurs,* deux panneaux décoratifs. Toile : H. 1,12, L. 0,89.

519. **École flamande.** — *Judith.* — Toile : H. 0,90, L. 0,71.

520. **Casati** (A.). — *Vue du Vésuve; Vue de l'île de Capri*, deux pendants signés. Toile : H. 0,43, L. 0,66.

521. **Woltz** (Friederich). — *Animaux au pâturage*, signé, daté : 1866. — Bois : H. 0,37, L. 0,50.

522. **Robbe.** — *Chèvres au pâturage*, signé. Toile : H. 0,45, L. 0,63.

523. **Gudin** (D'après Th.). — *Marine*, soleil couchant. — Toile : H. 0,75, L. 0,60.

524. **Uden** (Manière de J. Van). — *Paysage* avec cours d'eau. Bois : H. 0,75, L. 1,18.

525. **École française.** — *Portrait d'un évêque*. — Toile : H. 1,31, L. 1,02.

526. **Voloeren.** (G. V.). — *Péristyle d'un palais*, avec nombreux personnages, signé, daté A° 1674. — Toile : H. 0,61, L. 0,95. — Artiste non cité par Siret.

527. **Lucatelli** (André). — *Paysage*. Ruines et baigneurs. Toile : H. 0,80, L. 0,66.

528. **Rubens** (D'après). — *Groupe d'enfants*. — Toile : H. 0,50, L. 0,70.

529. **Papacena** (de Naples). — *Paysans italiens revenant de moisson*. Signature cachée par le cadre. Toile : H. 0,49, L. 0,68.

530. **Robbe.** — *Paysage*. — Toile : H. 0,35, L. 0,50.

531. **Notermann** (Zacharie).— *Singe choisissant des fruits*. — Toile : H. 0,27, L. 0,37.

532. **Papacena** (de Naples). — *Vue d'une partie du port de Naples*. — Toile : H. 0,51, L. 0,42.

533. **Drocht Sloot** (J. C). — *Village* avec nombreux personnages. — Joli tableau de ce maître signé : *J. C. Drocht Sloot fecit.* — Bois : H. 0,49, L. 0,63.

534. **Rigon** (de Reims). — *Vue d'Orient ; Paysage*, deux pendant signés. — Bois : H. 0,23, L. 0,38.

535. **Ecole flamande.** — *Le Couronnement d'épines*. — Toile : H. 0,42, L. 0,53.

536. **Pirmez** (Ch). — *Nature morte*, signée. — Toile : H. 0,55, L. 0,46.

537. **Ecole française.** — *Portrait de femme époque Louis XVI.* — Toile : H. 0,51, L. 0,38.

538. **Musin** (Attribué à). — *Plage de Scheveningue.* — Bois : H. 0,28, L. 0,21.

539. **Ecole flamande.** — *Portrait de femme.* — Cadre ovale en bois sculpté. — Toile : H. 0,69, L. 0,54.

540. **Ecole hollandaise.** — *Portrait de femme*, daté 1766. — Cadre ovale en bois sculpté. — Toile : H. 0,69, L. 0,54.

541. **Gaermyn** (Jean-Antoine). — *Promenade au château ;* la *Moisson*, charmantes compositions de sept personnages, bien groupés et d'une exécution facile.

Forme ronde, cadres en bois sculpté à nœud de rubans. — Diam. 0,59.

542. **Monogramme H. D.** — *Paysage.* — Toile : H. 0,22, L. 0,27.

543. **Ecole flamande.** — *Tête de Christ.* — Toile : H. 0,40, L. 0,31.

544. **Ecole flamande.** — *Bouquets de fleurs*, deux pendants, cadres en bois sculpté. — Toile : H. 0,36, L. 0,20.

545. **Ecole flamande.** — *Bouquet de fleurs.* — Cadre en bois sculpté. — Toile : H. 0,36, L. 0,20.

546. **Ecole flamande.** — *Saint Pierre ; Saint Paul*, deux pendants. — Cuivre : H. 0,23, L. 0,06.

547 **Herlin** (A^te). — *Jeune fille à la fontaine.* — Bois : H. 0,16, L. 0,12.

548. **Ecole moderne.** — *Chasseurs sous bois.* — Bois : H. 0,50, L. 0,36.

549. **Léopold Robert.** — *Saint François-Xavier et saint Dominique.* — Toile : H. 0,47, L. 0,33.

550. **Le Brun** (Charles). — *Mater Dolorosa.* — Cadre en bois
sculpté. — Bois : H. 0,53, L. 0,41.

551. **Pirmez.** — *Portrait de l'artiste,* par lui-même, pastel
ovale. — H. 0,49, L. 0,41.

552. **Ecole française.** — *Paysage et figures.* — Toile : H. 0,43,
L. 0,65.

553. **Mario di Fiori.** — *Guirlandes de fleurs et amours,* panneau décoratif. — Toile : H. 1,55, L. 1,04.

554. **Watteau** (Louis). — *Le chien savant.* A la porte d'une
ferme, une famille de paysans avec ses enfants regarde
un caniche faisant le beau.

    Tableau important de ce maître, d'une très belle qua-
lité et conservation, signé et daté 1781. — Toile : H. 0,90,
L. 1,30.

555. **Ecole flamande.** — *Portrait d'un gentilhomme époque
Louis XIII.* — Cadre en bois sculpté. — Cuivre :
H. 0,07, L. 0,06.

556. **Ecole italienne.** — *Portrait d'homme époque Louis XIII.*
— Cadre en bois sculpté. — Cuivre : H. 0,07, L. 0,06.

557. **Ecole flamande.** — *La Cène.* — Cadre en bois sculpté.
— Toile ovale : H. 0,18, L. 0,13.

558. **Guérin** (Attribué à Jean). — *Portrait d'un artiste,* miniature sur ivoire exécutée vers 1820.

559. **Molyn.** — *Portrait de femme,* miniature sur ivoire (signée).

560. **Ecole française.** — *Portrait de femme,* miniature sur
ivoire.

561. **Ecole française.** — *Portrait d'homme,* miniature sur
carte.

562. **Baur** (Genre de Guillaume). — *Une Thébaïde,* gouache. —
H. 0,32, L. 0,43.

563. **Orley** (Rachel Van). — *Junon, Vénus et Neptune ; Diane,
Junon et Cérès,* deux gouaches sur vélin, signées. —
H. 0,21, L. 0,27.

561. **Solimène.** — *Saint Antoine de Padoue*, dessin à la pierre noire rehaussée.

562. **Fourmois.** — *Château en ruines*, sépia.

563. **Tiepolo** (Jean-Baptiste). — *Tête de vieillard*, sépia.

564. **Monnier** (Henri). — *Tête de vieille femme*, aquarelle signée : *Henri Monnier à son ami Vian. — Nice, novembre 1850.*

565. **L. Fiq.** — *Chanteur*, dessin à la mine de plomb.

566. **L'Invention du Rosaire**, gravure peinte rehaussée d'or, XVIIIe siècle.

567. **Le Maréchal des logis ; la Jeune Villageoise,** deux gravures coloriées, époque Louis XVI.

568. **Ruines romaines,** deux gravures en couleur d'après Pernet. — Cadres en bois sculpté.

569. **Le premier baiser de l'amour,** gravure d'après Schall.

570. **La Cène,** gouache gothique. — *Vierge sur son trône*, vélin transparent. — *Benjamin Franklin*, gravure. Cadres en bois sculpté.

571. **Argent.** — *La Vierge et l'Enfant*, petit bas-relief repoussé, époque Louis XIV.

572. **Argent.** — La *Foi* ; la *Charité*, deux bas-reliefs, travail repoussé, époque Louis XIII. — Cadres en bois sculpté époque Louis XIV.

573. **Sous ce numéro**, divers Cadres anciens sculptés, garnis d'ivoire et dorés.

574. **Cire.** — *Saint Ignace*, évêque d'Antioche, bas-relief habillé en étoffes et dentelles de soie et d'argent. — Cadre en bois sculpté doré.

TAPISSERIES, BRODERIES

Etoffes et Guipures anciennes

---

575. **Tapisserie de Bruxelles**. — Sujet allégorique avec
devise latine : « *Retorica Delectat Docet atque Movet* ».
— Tapisserie de soie avec brodure de personnages et
guirlandes de fruits et fleurs. — H. 3,70, L. 3,90.

576. **Tapisserie lombarde du XVI⁰ siècle**. — Portière
bordée. — Deux personnages en costumes du XVI⁰
siècle. — H. 2,80, L. 1,10.

577. **Portière de même époque** et fabrique, à plusieurs
personnages. — H. 2,80, L. 1,10.

578. **Portière de même époque** et fabrique. Deux personnages. — H. 2,80, L. 1,19.

579. **Tapisserie du XVI⁰ siècle**. — Au centre, grosses plantes
avec coq ; jolie bordure d'arabesques et personnages. —
H. 2,70, L. 2,30.

580. **Portière**, tapisserie du XVI⁰ siècle (retour d'une reine).
— Bordure rapportée en haut et en bas. — Bande de
tapisserie du XVI⁰ siècle avec animaux divers. — H. 2,50,
L. 1,08.

581. **Tapisserie de Flandre époque Louis XIV.** — Verdure avec bordure de fleurs. — H. 2,70, L. 2,40.

582. **Tapisserie d'Aubusson époque Louis XIV.** — Portière verdure avec oiseau, bordure à fleurs. — H. 2,85, L. 1,45.

Tapis d'Orient ancien et cinq autres de même fabrication.

583. **Trois coussins** en tapisserie au point époque Louis XIV, à sujets de personnages (Angélique et Médor; groupe de danseurs; roi recevant des présents).

584. **Tapis de table** au point époque Louis XIII. — L'armoirie centrale est de travail moderne.

585. **Broderie** de soie et d'or du XVIe siècle. — Saints personnages encadrés.

586. **Coussin** recouvert en broderie de soie, époque Louis XIV. — Vases contenant des fleurs.

587. **Portière** de soie brochée (bouquets de fleurs), époque Louis XV.

588. **Aumônière** en velours brodé, fleurdelisée aux armes de Mme Victoire de France.

Porte-notes broderie de soie Louis XIV.

Porte-notes étoffe brochée ancienne.

589. **Voile de calice** brodé, travail du XVIe siècle, représentant sainte Catherine.

590. **Petit tapis** soie brochée rouge, avec armoiries brodées du XVIe siècle.

591. **Tapis de table** velours rouge et bandes de soie brochée Louis XIV.

592. **Bandeau de soie** brodé, à paillettes et clinquant, époque Louis XVI.

593. **Bandeau** de velours rouge, avec franges en soie jaune.

594. **Tapis** rouge, brodé de soie. — Travail oriental.

595. **Costume chinois,** brodé de soie.

596. **Petit tapis** en brocatelle bleue, avec franges et galons jaunes.

597. **Deux rideaux** et **Lambrequins** soie jaune rayée bleue, époque Louis XVI.

598.. **Couvre-lit** piqué soie bleue brochée, époque Louis XVI.

599. **Portière** en damas de soie rouge, époque Louis XIV.

600. **Lé de soie** jaune imprimée, époque Louis XVI. — Long. 6,65.

601. **Grand couvre-lit** soie ancienne groseille, garni de guipure ancienne de Venise et de Milan.

602. **Grand couvre-lit** soie lie de vin, garni de guipure ancienne de Venise et Milan.

603. **Couvre-lit** soie ancienne verte, garni de guipure ancienne de Venise.

604. **Deux bandeaux** en filet teint bleu.

605. **Couvre-lit** en lin, avec bandes de guipure ancienne de Venise.

606. **Tapis de table** soie groseille, garni de guipure ancienne.

607. **Devant d'autel** en guipure ancienne de Venise.

608. **Dentelle de guipure** ancienne de Venise.

609. **Lot** d'Étoffes brodées, de Morceaux de soie, Rideaux, etc., etc.

610. **Lot** de Passementerie et Galons anciens de toutes sortes.

611. **Sous ce numéro,** divers morceaux de Guipure ancienne et Dentelles de guipure.

VITRAUX

612. **Onze feuilles de Vitraux** de diverses époques. — Sujets religieux allégoriques, civils et armoriés, au bistre polychrome, XVe. XVIe et XVIIe siècles.

OBJETS OMIS

613. **Tric-trac Louis XIII,** ivoire et ébène. — Lion assis présentant un écu armorié, chêne sculpté, époque Louis XIII.

614. **Table de nuit Louis XVI.** acajou et cuivre.

615. **Chenets en cuivre époque Louis XIV.**

616. **Chenets en cuivre époque Louis XVI.**

617. **Chenets en cuivre époque Louis XVI.**

618. **Très belle bande de velours rouge,** avec applications soutachées du XVIe siècle.

619. **Bande** tissée, à ramages et métal.

620. **Verdussen.** — *Carrosse et cavalier,* dessin à la pierre noire et sanguine.

621. **Castellan.** — *Vue des côtes de Sicile,* dessin.

622. **Duquesnoy** (François, dit *le Flamand*). — *Marche triomphale d'Ariane et Bacchus sur un char traîné par des centaures,* très joli dessin rehaussé de bistre.
Cadre en bois sculpté.

623. **Ecole italienne.** — *Vue du golfe de Naples et du Vésuve; Vue du Capri et du Vésuve,* deux gouaches formant pendant.

624. **Ecole française.** — *Vue du parterre et château de Marly,* gouache de l'époque Louis XIV, ornée de nombreux personnages.
Cadre en bois sculpté.

625. **Benard** (A.). — *Veneur en costume Louis XV,* aquarelle.

626. **Lessore.** — *La Déclaration,* aquarelle.

ÉTENDARDS

627. **Cinq Étendards** de compagnies de *Chevaliers de l'Arc,* en soie blanche et rouge, brodés, avec personnages et inscriptions.

Lille, imp. Verly, Dubar et Cie, Grande-Place, 8.

RED. :

19

0 1 2 3 4 5 6 7 8 9 10

graphicom

MIRE ISO Nº 1

NF Z 43-007

AFNOR

Cedex 7 - 92080 PARIS-LA-DÉFENSE